A.C. Rosenthal

Rosenthal. A.C.: Supplement 1873

Antigonos

A.C. Rosenthal

Rosenthal. A.C.: Supplement 1873

Unveränderter Nachdruck der Originalausgabe von 1873.

1. Auflage 2024 | ISBN: 978-3-38633-323-8

Antigonos Verlag ist ein Imprint der Outlook Verlagsgesellschaft mbH.

Verlag: Outlook Verlag GmbH, Zeilweg 44, 60439 Frankfurt, Deutschland, info@outlook-verlag.de
Vertretungsberechtigt: E. Roepke, Zeilweg 44, 60439 Frankfurt, Deutschland
Druck: Libri Plureos GmbH, Friedensallee 273, 22763 Hamburg, Deutschland

Beschreibendes und illustrirtes

SUPPLEMENT

der

neuesten Erdbeeren-Sorten

allerneuesten Rosen

und

Birnen auf Quitten

der BAUMSCHULEN von

A. C. ROSENTHAL

Landstrasse, Hauptstrasse Nr. 137

WIEN.

Nur giltig während der Frühjahrs-Saison 1873.

Vorwort.

Hiermit beehre ich mich, meinen geehrten Herren Geschäftsfreunden das Supplement meiner neuesten Erdbeerensorten zur geneigten Durchsicht zu empfehlen.

Indem ich stets bemüht bin, das Neueste der in mein Fach schlagenden Artikel zu beziehen, so ersuche ich alle jene Herren, welche vielleicht durch eigene Aussaat, oder auf eine wie immer Namen habende Weise in den Besitz neuer Species gelangt sind und dieselben zum allgemeinen Besten in Handel geben wollen, sich an mich zu wenden; ich werde zu jeder Zeit bereit sein, diese Neuheiten durch Kauf oder Tausch an mich zu bringen.

Ich kann nicht umhin, meine geehrten Herren Abnehmer auf das Freundlichste zu ersuchen, bei Absendung einer Bestellung an mich, die Art und Weise der Versendung, **die letzte Eisenbahn-, Dampfschiff- und Post-Station, sowie den Preis der Exemplare,** welche in der Bestellung enthalten sind, und welcher im Verzeichnisse ersichtlich, **genau anzugeben;** sollte jedoch trotz Alledem von Seite des Herrn Bestellers ein Zweifel obwalten, so ersuche ich mich brieflich, franco gegen franco, zu befragen, und ich werde mich bemühen, jedes Bedenken zu beseitigen.

Um mir das Abschreiben der Bestellung zu ersparen, bitte ich mir dieselbe **auf ein Blatt Papier, getrennt vom Briefe, zu schreiben.**

Die für mich bestimmten Bestellungen ersuche ich mit der Adresse:

BAUMSCHULEN
von
A. C. ROSENTHAL
WIEN
III. Bezirk, Hauptstrasse Nr. 137

zu versehen; bei Telegrammen hingegen genügen die drei Worte:

,,Rosenthal'sche Gärtnerei — Wien''

vollständig, um an mich zu gelangen.

Die den Pflanzen beigesetzten Preise verstehen sich in Oesterreichischer Währung, der Gulden zu Hundert Kreuzern berechnet, auswärtige Geldsorten und Werthpapiere werden zum hiesigen Tagescourse angenommen.

Bei bereits bekannten geehrten Kunden werde ich den bisher befolgten Modus der Flüssigmachung meiner Forderuug beibehalten; **bei mir unbekannten Herren Bestellern erlaube ich mir jedoch entweder um Ermächtigung zur Nachnahme oder, weil dies nicht immer zulässig, z. B. wie bei Sendungen in das Ausland, um gefällige Einsendung des Betrages in Bank-Noten oder Creditbriefen zu ersuchen.**

Was die Art und Weise der Verpackung und Versendung anbelangt, so geschieht erstere unter meiner gewissenhaften Leitung nach Wunsch des Herrn Bestellers, oder wenn dies nicht der Fall, nach meinem eigenen Ermessen.

Alles jedoch auf Rechnung und Gefahr der Herren Abnehmer; wozu ich noch bemerke, dass etwaige Reclamationen nur acht Tage nach Empfang der Waare berücksichtigt werden können.

Indem ich Ihren Aufträgen entgegensehe, zeichne

Hochachtungsvoll

A. C. Rosenthal.

Die Erdbeere.

Fragaria sylvestris — la Fraise.

Die hier angeführten Erdbeersorten sind aus der grossen Zahl der Varietäten die ausgesuchtesten und besten; was das Ein- oder Verpflanzen derselben, welches alle drei Jahre vorzunehmen ist, anbelangt, so ist dies am vortheilhaftesten im September zu unternehmen und sind die stärkeren Ausläufer am geeignetsten, um bald reichliche Ernte zu liefern; als Schluss des kleinen Vorwortes erwähne ich noch, dass ein leichter, gut gedüngter Boden die Bedingung zu einem grossen Fruchterträgnisse ist.

I. Allerneueste Erdbeer-Sorten.

Deutsche Kaiserin. Grosse oder auch sehr grosse, kegelförmige, ovale oder auch herzförmige Frucht; Farbe glänzend carmoisinroth mit lachsfarbenen Reflexen; regelmässig vertheilten, sehr hervorstehenden gelben Samen, welche sehr effectvoll von der Farbe der

Frucht abstechen. Fleisch voll, butterartig schmelzend, von feinem, aromatischen, gewürzreichen Wohlgeschmack und eigenthümlich gleichmässiger lachsrother Farbe.

Pflanze von kräftigem buschigen Wuchse, hart und sehr reichtragend, mittelfrüh oder spät reifend; Varietät der Erdbeere: Bijou.

Deutscher Kronprinz. Grosse oder sehr grosse, gewöhnlich breite oder kamm-förmige aber abgerundete Frucht, von lebhaft glänzend rother Farbe. Fleisch lebhaft roth, mit weissem Kreise in der Mitte; butterartig schmelzend, sehr süss und gewürzreichen Geschmack.

Pflanze kräftig und dauerhaft, ungemein reich-tragend, mittelfrüh reifend. Diese neue Erdbeere fesselt jeden durch die Menge ihrer schönen grossen Früchte von so glänzender Farbe. Wegen ihrer ungemein reichen Tragbarkeit ist sie zur Massencultur ganz besonders zu empfehlen.

Deutsche Kronprinzessin. Mittelgrosse Frucht, von glockenförmiger, schöner Gestalt, welche man sonst bei keiner Erdbeere findet; Farbe glänzend, gleichmässig zinnober-

roth. Der lange Hals der Frucht ist frei von Samen, die wenigen, unregelmässig stehenden Samen sind dunkelroth. Fleisch von reinweisser Farbe, voll, schmelzend, zuckerhaft süss und von kräftigstem Aroma. Die Früchte stehen in grosser Anzahl auf mehrmals verzweigten Fruchtstielen und werden aufrecht getragen.

Pflanze von kräftigem, gedrungenem oder niedrigem Wuchse, hart und von erstaunlicher Tragbarkeit; frühreifend.

Graf Moltke. Sehr grosse, oft enorm grosse Frucht von breiter, kammförmiger, meist unregelmässiger Gestalt, sehr oft zweitheilig oder gelappt; Farbe ambragelb mit menningroth angehaucht, die Samen sind roth und stechen daher sehr effectvoll von der hellen Frucht ab. Fleisch rein weiss, sehr saftig und süss, von gutem Geschmack. Der Wuchs der Pflanze ist buschig und kräftig; sehr reichtragend und spät reifend. Der seltenen Farbe wegen dürfte diese Neuheit für jeden Liebhaber willkommen sein.

Kriegsminister von Roon. Schöne grosse, sehr regelmässig gebaute, breit herzförmige oder runde Frucht von glänzender, gleichmässig dunkel-kirschrother Farbe. Die

dunkeln behaarten Samen sind etwas eingedrückt in den Grübchen. Fleisch roth, voll und fest, butterartig schmelzend, saftig und von sehr angenehmem Aroma.

Pflanze kräftig, mit schönem, dunkelgrünen Laube, volltragend und spätreifend; verlangt etwas leichteren Boden (Haideerde) und fleissiges Bewässern.

Preise:

Schöne gutbewurzelte und kräftige Pflanzen per Stück 2 fl. öst. W.

Das ganze Sortiment zu 5 Sorten.................. 9 „   „   „

II. Neueste Erdbeer-Sorten.

Abd-El-Kader. Sehr grosse manchmal enorme, gewöhnlich längliche, oft regelmässige Frucht, von rother Farbe, gezuckert parfümirtem Fleische.

Pflanze sehr klein, mit kleinen verlängerten Blättern, schöne Varietät einer speciellen und ausnahmsweisen Art.

Alexandra. Sehr grosse und abgeplattete Frucht von lebhaft orangenrother Farbe, rosafärbigem Fleische und angenehm gezuckertem Geschmack, sehr gute Varietät.

Amazone. Schöne längliche gewöhnlich regelmässige grosse oder sehr grosse Frucht, von lichtrother Farbe, weissrosa Fleisch gezuckert und sehr parfümirt.

Ausgezeichnete Pflanze, üppig, dauerhaft und fruchtbar.

Baron Brisse. Ausgezeichnet schön geformt, mehr oval als rund, ziemlich gross; Farbe eigenthümlich lichtgelb, öfter citronengelb nüançirt, sehr geschmackvoll und äusserst aromatisch, butterhaft schmelzend, ziemlich spät reifend, überhaupt eine nicht genug zu empfehlende Sorte.

Belle Nantes. (*Boisselot.*) Frucht sehr gross, meistens herzförmig, lebhaft roth gefärbt, Fleisch lichtroth oder rosa, äusserst fein aprikosenartig parfümirt, schmelzend, überfliessend saftig und fein gezuckert. Sehr reichtragend und kräftig wachsend, Reifzeit ziemlich spät. Vorzügliche Neuheit.

Constantin Trétiakoff. Sehr grossfrüchtig, Samen bräunlich gefärbt, Fleisch rosafarben mit unterschiedlichen rothen Streifen, äusserst fein gezuckert und delikat parfümirt, Reifzeit ziemlich spät. Die auffallende Herzform der Frucht macht diese besonders interessant. -

Favourite. (*Mme. Clements.*) Sehr grossfrüchtig, ziemlich konisch, ich möchte sagen tannenzapfenartig, Farbe roth-orange, Fleisch rosafarbig, mehr dunkel als hell, trefflich gezuckert, mit einem vorherrschenden Ananas-Geschmack, Pflanze sehr üppig und schnell wachsend, ebenso auch sehr fruchtbar, sowie zum Treiben geeignet; Reifzeit ziemlich früh.

François Josef II. Schöne abgerundete grosse Frucht, von brillant schöner morgenrother Farbe, welche sehr angenehm in der Mitte der Anderen absticht, rosa Fleisch mit sehr angenehmen Geschmack und bräunlichen Körnern.

Pflanze schön lichtgrün belaubt, sehr fruchtbar, und eignet sich besonders für grosse Culturen.

Gabrielle. Runde ziemlich grosse Frucht, mit rothem, festen, gezuckerten Fleische und ausgezeichnetem Geschmack.

Pflanze stark mit länglichen rauhbehaarten Blättern, sehr spättragend, Varietät von grossem Verdienste.

Graf Bismark. Frucht von bedeutender Grösse ersten Ranges; Form regelmässig, Samen aufliegend; Farbe glänzend carmoisin bis dunkelpurpur; Fleisch unter der Haut zinnoberroth, dann weiss und gegen die Mitte wieder roth, butterhaft schmelzend, süss und reich parfümirt, mit einem eigenthümlich melonenartigen Nachgeschmack.

Pflanze kräftig, Reifzeit mittelfrüh, ausserordentlich reichtragend und anhaltend.

Hélène Gloede. (*Gloede.*) Frucht sehr gross, oft enorm, meistens hahnenkammartig geformt, öfter aber auch irregulär, Färbung lebhaft orangenroth, Fleisch rein weiss, äusserst stark parfümirt und gezuckert, sowie butterhaft schmelzend.

Melius. Grosse gewöhnlich abgeplattete Frucht, mit lebhaft rother Farbe und weissem Fleisch voll Parfüm.

Pflanze ziemlich klein, schön und sehr fruchtbar.

Passe-Partout. Sehr grosse dunkelrothe Frucht, mit rothem, weiss durchgezogenen Fleische, gezuckert und parfümirt.

Pflanze mit dunkelgrüner Belaubung, sehr üppig, genügend tragbar.

Pauline. Grosse längliche dunkelrothe Frucht, mit rothem gezuckerten Fleische, sehr gut.

Pflanze ausnehmend üppig mit schöner leuchtendgrüner Belaubung, fruchtbar.

Pénélope. Sehr grosse abgerundete, manchmal abgeplattete Frucht, mit hellrother Farbe und hervorragendem Parfüm.

Pflanze sehr fruchtbar mit wenig zahlreichen Blättern.

Perfection. Grosse, bis sehr grosse, regelmässige Frucht, mit dunkelrother Farbe, lebhaft rothen Körnern, welche sich mit der Farbe der Frucht theilen, rothes dunkles Fleisch von sehr gutem gezuckerten Geschmack, erinnert an die vier Jahreszeiten.

Pflanze gleicht der Marguerite (*Lebreton*) weniger durch ihre Haltung und Blätterstellung als durch die Form der Früchte, aber im Wesentlichen durch die Färbung und Qualität, welche doch eine eigene ist. Ist sehr fruchtbar.

Président Delacour. (*Société d'horticulture de Beauvais.*) Frucht ausnehmend gross, öfter sogar enorm, Gestalt beinahe kugelförmig, lebhaft roth gefärbt, Fleisch rosenfärbig, trefflich gezuckert, saftreich, ebenso gut parfümirt. Wachsthum ausserordentlich kräftig, Fruchtbarkeit sehr gut, mittelfrüh reifend.

Diese vorzügliche und empfehlenswerthe Neuheit wurde im Garten der Gartenbaugesellschaft von Beauvais gezüchtet.

Samuel Bradley. (*Bradley.*) Frucht erster Grösse von schöner regelmässiger Form, Farbe glänzend, lebhaft, roth, an der Sonnenseite meistens dunkler, Fleisch gelblich weiss. Geschmack ausserordentlich fein, parfümirt und gezuckert, schmelzend, überaus saftig, mit einem Worte vorzüglich. Wachsthum sehr kräftig, mit grosser Fruchtbarkeit und immer gleich grosser Fruchtbildung. Reifzeit mittelfrüh.

Sultan. (*Dr. Roden.*) Frucht öfter enorm, meistens sehr gross, von flacher hahnenkammartiger Form, jedoch ohne besondere Unregelmässigkeiten, Farbe lebhaft carmoisinroth, Geschmack lebhaft aromatisch, fein gezuckert, überhaupt vorzüglich, Fleisch von schöner lachsgelber Farbe. Wachsthum kräftig, verbunden mit grosser Fruchtbarkeit; Reifzeit ziemlich spät. Eine ausserordentlich werthvolle Sorte.

Trouillet quatre Saisons. (*Trouillet.*) Diese vorzügliche Neuheit einer vier Jahreszeiten-Erdbeere mit rothen Früchten soll in keinem Erdbeeren-Sortimente fehlen und verdient eine sehr grosse Verbreitung; nicht nur wegen ihrer guten und geschmackvollen Früchte, sondern auch wegen ihrer enormen Fruchtbarkeit, welche ich aus eigener Ueberzeugung als wahr bestätigen kann.

Preise:

Schöne gutbewurzelte und kräftige Pflanzen per Stück . . . . 1 fl. 50 kr. Oe. W.

Das ganze Sortiment zu 20 Sorten . . . . 25 „ — „ „ „

III. Neue Erdbeeren.

Cambrian Prince. (*Roberts.*) Schöne und grosse Frucht von länglich ovaler Form, und licht-zinnoberrother Farbe, Fleisch lachsartig gefärbt, trefflich gezuckert und erfrischend schmeckend und parfümirt. Wachsthum aussergewöhnlich, verbunden mit grosser Fruchtbarkeit. Reifzeit mittelfrüh, öfter später.

Charles Downing. (*De Jonghe.*) Frucht mittelgross, rundlich-oval geformt, Farbe lebhaft roth, Fleisch weiss und fest, sehr gezuckert, überfliessend saftig, trefflich parfümirt. Wachsthum und Fruchtbarkeit vorzüglich verbunden mit mittelfrüher Reifzeit.

Cérès. (*Lebeuf.*) Frucht gross, öfter sehr gross, Form länglich, am Ende meistens flach oder wenigstens abgestumpft, Farbe dunkelroth, Fleisch röthlich schön gefärbt. Geschmack ausserordentlich angenehm und erfrischend, fein gezuckert und parfümirt, sehr saftreich. Wachsthum und Fruchtbarkeit von ausserordentlicher Stärke, besonders die Fruchtbarkeit ist staunenswerth. Reifzeit mittelfrüh.

Cornish Diamond. (*Madame Cléments.*) Frucht gross oder sehr gross, meistens hahnenkammartig geformt, Färbung meistens tiefroth, Fleisch schön roth gefärbt, gut gezuckert, trefflich parfümirt, sehr reichtragend und üppig wachsend; mittelfrüh reifend. Eine vorzüglich empfehlenswerthe Sorte.

Duke of Edinburgh. (*Docteur Roden.*) Ausgezeichnete Frucht erster Grösse, oft sogar enorm gross, meistens rund oder mehr oder weniger ovalrund geformt, Färbung meistens glänzend lachsgelb, Fleisch reinweiss, trefflich gezuckert, überfliessend saftig, fein parfümirt. Sehr reichtragend und kräftig wachsend. Mittelfrüh reifend. Eine vorzügliche Neuheit erster Qualität, welche ich jedem Erdbeerfreunde auf das Wärmste anempfehlen muss und kann.

Early Prolifice. (*Docteur Roden.*) Frucht erster Grösse von schöner länglich ovaler Form und prächtiger scharlachrother Farbe, Fleisch reinweiss, überfliessend saftreich, trefflich gezuckert und unvergleichlich fein gewürzt und parfümirt. Wegen ihrer Fruchtbarkeit und frühen Reife besonders zum Treiben geeignet. Eine vorzügliche Neuheit, deren Beschreibung der Züchter mit den Worten schliesst: **„Persone ne regrettera de faire l'acquisition de cette precieuse variété.“**

Ferdinand Gloede. (*De Jonghe.*) Eine sehr schöne, grosse, konisch oder herzförmig geformte Erdbeere, von kirschrother Farbe, Fleisch beinahe weingelb, jedoch sehr licht, trefflich gezuckert und parfümirt. Wachsthum sehr gut, Fruchtbarkeit weittragend und mittelfrühe Reifzeit.

Germania. (*Gloede fils.*) Sehr schöne, grosse ovale Frucht, mit schöner kirschenrother Farbe, Fleisch weiss, überfliessend saftreich, gut gezuckert und vorzüglich parfümirt. Kräftig wachsende, sehr reichtragende Sorte, mit ziemlich früher Reifzeit. Sehr empfehlenswerthe Neuheit.

Mrs. Radolyffe. (*Ingram.*) Frucht von besonderer Grösse, Form oft länglich, öfter auch hahnenkammartig, sehr verschieden, Farbe meistens lebhaft orangenroth, öfter aber dunkler, Fleisch reinweiss, trefflich gezuckert, sehr saftreich, erfrischend und ananasartig parfümirt. Sehr fruchtbar und kräftig wachsend. Eine vortreffliche Sorte, welche die allgemeinste Verbreitung verdient.

Reus van Zuidwijk. (*Van de Water.*) Frucht enorm gross, vielleicht die grossfrüchtigste bis jetzt bekannte Sorte, länglich, unten gestumpft oder hahnenkammartig, schön zinnoberroth gefärbt, Fleisch rosenroth, sehr fein gezuckert und parfümirt, äusserst wohlschmeckend. Von grosser Fruchtbarkeit und sehr gutem Wachsthum, sowie mittelfrüher Reifzeit. Eine Eigenthümlichkeit der Sorte sind die wenigen Ausläufer, welche dieselbe ansetzt. Eine Neuheit, welche, schon ihrer enormen Grösse halber, in keiner Erdbeersammlung fehlen sollte.

Preise:

Schöne, gutbewurzelte und kräftige Pflanzen per Stück .... 30 kr. Oe. W.

Das ganze Sortiment zu 10 Sorten .... 2 fl. 50 „ „ „

V. Grossfrüchtige, rankende Erdbeeren.

Zeichen-Erklärung.

Frucht Fr., Geschmack Ge., Reifzeit R. Z., Qualität Qt., Fruchtbarkeit Fb.

Preise:

„Unter 6 Stück wird von keiner Sorte abgegeben.“

Schöne gutbewurzelte und kräftige Pflanzen..........per 6 Stück 15 kr. österr. W.

Schöne gutbewurzelte und kräftige Pflanzen..........per 100 Stück 2 fl. österr. W.

Admiral Dundas. Fr. sehr gross, R. Z. spät reifend.

Belle Cauchoise. Fr. gross oder sehr gross, Ge. ausgezeichnet butterhaft süss, R. Z. mittelfrüh, Fb. reichtragend. Sehr empfehlenswerth.

British Queen. Fr. gross oder sehr gross, Ge. sehr gewürzhaft und süss, R. Z. mittelfrüh, Fb. mittelmässig.

Bijou. Fr. gross, Ge. süss und saftreich, R. Z. spät reifend.

Cookscomb. Fr. sehr gross, Ge. süss und köstlich, R. Z. spätreifend, Fb. reichlich.

Comte de Paris. Fr. meistens gross, Ge. süss und trefflich schmeckend, R. Z. mittelfrüh, Fb. zufriedenstellend.

Docteur Nicaise. Fr. gross oder sehr gross, Ge. nicht besonders, R. Z. mittelfrüh, Fb. mittelmässig.

Doctor Hogg. Fr. sehr gross, Ge. butterhaft und süss, sowie sehr saftreich, R. Z. sehr spät, Fb. ausserordentlich reichtragend. Eine der schätzbarsten Erdbeersorten.

Duc de Malakoff. Fr. gross, öfter enorm, Ge. weinartig süss, äusserst vorzüglich, R. Z. mittelfrüh, Fb. zufriedenstellend.

Emily. Fr. gross, Ge. sehr saftig und äusserst süss, R. Z. spätreifend, Fb. genügend.

Emperess Eugenie. Fr. enorm, Ge. fein gewürzt und gezuckert, R. Z. mittelfrüh, Fb. tragbar.

Exposition de Châlons. Fr. gross, Ge. sehr gewürzhaft und johannisbeerartig. R. Z. mittelfrüh, Fb. gute Ernte liefernd.

Globe. Fr. gross oder sehr gross, Ge. fein müskirt, süss und saftreich, R. Z. mittelfrüh, Fb. sehr reichtragend.

Gloria. Fr. mittelgross oder gross, Ge. ausgezeichnet süss, R. Z. anhaltend, Fb. sehr reichtragend.

Goliath. Fr. gross oder sehr gross, Ge. gewürzhaft müskirt, saftreich und süss, R. Z. sehr frühreifend, Fb. sehr reichtragend.

Haquin. Fr. gross, Ge. ausgezeichnet, Qt. jedenfalls erste.

Her Majesty. Fr. sehr gross oder enorm, Ge. ausserordentlich fein gewürzt, vortrefflich, R. Z. mittelfrüh reifend, Fb. sehr gute Ernte liefernd.

Hero.

Keens' Seedling. Fr. mittelgross, R. Z. ziemlich früh, Fb. gut.

La Châlonnaise. Fr. gross, Ge. äusserst gewürzreich, süss und saftig, R. Z. mittelfrüh, Fb. sehr reichliche Ernte liefernd.

La Sultane. Fr. gross, R. Z. mittelfrüh.

Le Titien. Fr. ziemlich gross, Ge. sehr fein gewürzt, süss und saftreich, R. Z. mittelmässig früh, Fb. gut.

Marguerite. Fr. sehr gross oder enorm, Ge. äusserst fein gezuckert, sehr saftreich und gut.

Monstrueuse de Robine. Fr. sehr gross, Ge. trefflich, R. Z. sehr frühreifend, Fb. gute Ernte liefernd.

Mount Vesuvius. Fr. gross, R. Z. spät.

Napoléon III. Fr. gross oder sehr gross, Ge. äusserst trefflich und süss, R. Z. spätreifend, Fb. sehr beträchtlich.

Neo plus ultra. Fr. gross oder sehr gross, Ge. süss und saftreich, R. Z. frühzeitig, Fb. gut.

Oscar. Fr. gross oder sehr gross, Ge. ausgezeichnet süss, sowie auch gewürzreich und saftig, R. Z. mittelfrüh, Fb. sehr reichliche Ernte liefernd.

Princess Alice Maud. Fr. gross, Ge. fein gezuckert, sehr saftreich und gewürzig, R. Z. frühreifend, Fb. enorm reichtragend.

Princess Royale.

Princess Frederick William. Fr. gross, Ge. teigartig süss, immerhin gut, R. Z. frühzeitig, Fb. zufriedenstellend.

Progrès. Fr. gross, Ge. schmelzend, gewürzig und fein, R. Z. mittelfrüh, Fb. sehr tragbar.

Sir Charles Napier. Fr. gross, Ge. saftig süss und gewürzhaft, R. Z. spätreifend, Fb. äusserst reichliche Ernte liefernd.

Sir Harry. Fr. gross oder sehr gross, Ge. ausgezeichnet saftig und süss, R. Z. mittelfrüh, Fb. von enormer Fruchtbarkeit.

Souvenir de Kieff. Fr. sehr gross, oft sogar enorm, Ge. köstlich aromatisch, gezuckert und saftreich, R. Z. mittelfrüh, Fb. ausserordentlich reichtragend.

Victoria. Fr. gross oder sehr gross, Ge. sehr gewürzreich süss, saftig, überhaupt delicat, R. Z. mittelfrüh, Fb. sehr gute Ernte liefernd.

Victory of Bath. Fr. mittelgross.

Virginie. Fr. gross, R. Z. mittelfrüh.

Wonderful. Fr. gross, Ge. gewürzig, fein gesäuert und gezuckert, sowie saftreich, jedenfalls vorzüglich, R. Z. spät reifend, Fb. sehr reichliche Ernte liefernd.

VI. Monats- oder nichtrankende Erdbeeren.

Gaillon blanc. Eine nicht rankende kleine und weissfrüchtige immertragende Erdbeere.

Gaillon rouge. Eine nicht rankende kleine und rothfrüchtige immertragende Erdbeere.

Beide Sorten per Stück.........................10 kr. Oe. W.

Rosen-Neuheiten für Jahrgang 1873

abgebbar.

Preis pro Stück 1 fl. 50 kr.

Die mehrmalsblühende Moos-Rose.
Rosa centifolia muscosa bifera.

Madame William Paul. (*Moreau.*) Blume gross gefüllt, becherförmig, Colorit schön hellroth oder leuchtend rosa, sehr blühbar.

Die Remontant-Rose.
Rosa bifera hybrida.

Abbé Giraudier. (*Levet.*) Blume gross, gut gefüllt, schöne Form und gute Haltung, Colorit kirschroth, sehr blühbar, stammt von der Varietät Louise Peysonny.

Adelina Patti. (*Fontaine.*) Blume gross, gefüllt, schöne Form und gute Haltung, Colorit leuchtend carminrosa, sehr blühbar.

Albert Dureau. (*Vigneron.*) Blume gross, gefüllt, schöne Form, Colorit schön leuchtend roth mit hochroth schattirt.

Albion. (*Liabaud.*) Blume gross, gefüllt, sehr schön kugelförmig, Colorit scharlachkirschroth, extra, stammt von der Varietät Géant des Batailles.

Alexander von Humboldt. (*Charles Verdier.*) Blume gross, gefüllt, schöne Form, Colorit leuchtend rosa oder hellroth, Ränder der Petallen weiss eingefasst, sehr frische Farbe.

Auguste Neumann. (*Eugen Verdier.*) Blume gross, gefüllt, schöne Form und gute Haltung, Colorit ausgezeichnet schön leuchtend roth mit violett und feuerroth nüançirt, oft mit weiss marbirt, extra.

Baron Chaurand. (*Liabaud.*) Blume gross, gefüllt, becherförmig, Colorit sammtig scharlachroth, Centrum schwarz, purpur nüançirt, extra.

Blanche de Meru. (*Charles Verdier.*) Blume mittelgross, schöne Form, in Büschel blühend, Colorit weiss, beim Aufblühen sehr leicht rosa, in rein weiss übergehend, sehr blühbar, stammt von der Varietät Pauline Bonaparte.

Candide. (*Touvais.*) Blume mittelgross, gefüllt, sehr schöne Form und gute Haltung, Colorit sehr frisch fleischfarbig, weiss in reinweiss übergehend, sehr blühbar und wohlriechend, stammt von der Varietät Victor Verdier, extra.

Ch. Turner. (*Margottin.*) Blume sehr gross, gefüllt, schön becherförmig, Colorit sehr glänzend roth; diese Varietät hat Aehnlichkeit mit der Rose Charles Margottin, ist aber an Colorit viel lebhafter.

Comte de Ribaucourt. (*Jemeau.*) Blume gross, gefüllt, Form und Haltung vollkommen, Colorit dunkelroth mit leuchtend carmoisin, extra.

Comtesse d'Oxford. (*Guillot père.*) Blume sehr gross, gefüllt, schöne Form, Colorit leuchtend carmin mit roth nüançirt.

Clemence Raoux. (*Cranger.*) Blume sehr gross, gefüllt, schöne Form, Colorit leuchtend rosa mit zart seidenartig rosa nüançirt.

Eduard Moren. (*Granger.*) Blume sehr gross, gefüllt, schöne Form, Colorit sehr zart, frisch carmin rosa, extra.

Elisa Boelle. (*Guillot père.*) Blume mittelgross oder gross, schöne Form, Colorit weisslich rosa, in rein weiss übergehend, sehr schön.

Enfant de Châtillon. (*Fontaine père.*) Blume gross, gefüllt, schöne Form, Colorit purpurroth mit feuerroth nüançirt, sehr wohlriechend.

Eugène Vavin. (*Duval.*) Blume sehr gross, gefüllt, kugelförmig, Colorit leuchtend kirschroth.

Exposition de Havre. (*Gautreau.*) Blume gross, sehr gefüllt, kugelförmig, Colorit sehr dunkel, carminroth, extra.

Ferdinand de Lesseps. (*Eug. Verdier.*) Blume gross, gefüllt, schöne Form, Colorit purpurroth mit violett nüançirt, extra.

Général de la Martinière. (*Sansal.*) Blume sehr gross, gut gefüllt, schöne Form. Colorit dunkel weinroth, Centrum leuchtend carmin, rosa, neue Färbung extra.

Général Miloradowitsch. (*Lévêque.*) Blume sehr gross, gefüllt, schöne Form, Colorit hellroth mit carminroth schattirt.

Général Grant. (*Eug. Verdier.*) Blume gross, gefüllt, Colorit scharlachroth, mit dunkelcarmoisin schattirt, extra.

Hippolyte Jamin. (*Faudon.*) Blume gross, gefüllt, Colorit schön rosa, stammt von der Varietät Souvenir de la Reine d'Angleterre.

Jacob Pereire. (*Moreau.*) Blume gross, gefüllt, in Büschel blühend, Colorit blendend feuerroth mit purpur nüançirt, extra.

Jeanne Guillot. (*Liabaud.*) Blume sehr gross, gefüllt, becherförmig, Colorit seidenartig leuchtend rosa, mit purpur nüançirt.

John Berners. (*Variété anglaise 1869.*) Blume gefüllt, schöne Form, Colorit Magenta rosa mit leuchtend carmoisin tuschirt.

Jules Chrétien. (*Damaizin.*) Blume gefüllt, vollkommen imbriquirt, Colorit sehr leuchtend seidenartig rosa, extra.

Jules Seurre. (*Liabaud.*) Blume gross, gefüllt, Colorit carminroth mit blau nüançirt, Centrum leuchtend roth, stammt von der Varietät Victor Verdier, extra.

Juliette Halfen. (*Margottin.*) Blume gross, gefüllt, sehr schöne Form und gute Haltung, Colorit schön fleischfarbig rosa, extra.

La Motte Sanguin. (*Vigneron.*) Blume gross, gefüllt, schöne Form und gute Haltung, Colorit leuchtend carminroth, extra, stammt von der Varietät Baronne Prevott.

Lena Turner. (*Eugéne Verdier.*) Blume gross, gefüllt, schöne Form und gute Haltung, imbriquirt wie Camellia imbricata, Colorit leuchtend kirschroth, bisweilen mit Schieferfarbe nüançirt.

Louisa Wood. (*Eug. Verdier.*) Blume gross, gefüllt, Petallen breit, Colorit sehr schön leuchtend rosa.

Madame Ambroise Triollet. (*Moreau.*) Blume gross, gefüllt, öffnet sich leicht, Colorit schön lachsrosa, sehr blühbar.

Newton Angel Dispott. (*Dauvesse.*) Blume gross, gefüllt, Colorit sehr schön purpurroth mit feurig scharlachrothem Widerschein, Umfangsblumenblätter bläulich.

Madame Clorinde Leblonde. (*Dauvesse.*) Blume mittelgross oder gross, gefüllt, Colorit sehr glänzend, sammtig roth.

Madame Dustour. (*Pernet.*) Blume sehr gross, gefüllt, becherförmig; Colorit schön carmin rosa mit weiss, extra.

Madame Elisa Jaenisch. (*Souppert & Notting.*) Blume gefüllt, gross, flach, Petallen breit, bisweilen gezahnt, Colorit blutroth mit glänzend feuerroth nüançirt, Kehrseiten der Petallen violettroth.

Madame Fey-Pranard. (*Cherpin.*) Blume gross, gefüllt, Colorit blass rosa mit weiss.

Madame la Générale Decaen. (*Gautreau.*) Blume gross, gefüllt, schöne Form, Colorit leuchtend rosa, Centrum fleischfarbig rosa, stammt von der Varietät Jules Margottin.

Madame Laurent. (*Granger.*) Blume gross, sehr gefüllt, schöne Form, Colorit leuchtend kirschenroth, extra.

Madame le François. (*Oger.*) Blume gross, gefüllt, schön kugelförmig, Colorit leuchtend fleischfarbig rosa, stammt von der Rose Comtesse Cécile de Chabrillant.

Madame Liabaud. (*Gonod.*) Blume gross, gefüllt, schöne Form, Petallen breit, Colorit weiss rosa in rein weiss übergehend; diese Rose hat Aehnlichkeit mit der Varietät Virginale, ist starkwüchsiger und die Blumen sind viel grösser.

Madame Richter. (*Faudon.*) Blume gross, gefüllt, schöne Form, Colorit schön dunkelrosa, sehr blühbar.

Madame Victor Wibaud. (*David.*) Blume gross, gefüllt, vollkommene Form, Colorit sehr frisches Lachsrosa.

Madmoiselle Berthe Bartheral. (*Fontaine.*) Blume sehr gross, gefüllt, schöne Form, Colorit sehr helleuchtend kirschenrosa.

Madmoiselle Eugénie Verdier. (*Guillot fils.*) Blume sehr gross, gefüllt, schöne Form, gute Haltung, Colorit prächtig leuchtend fleischfarbig, rosa mit silberweissen Reflexen, stammt von der Varietät Victor Verdier.

Marie de St. Jean. (*Portland, Damaizin.*) Blume mittelgross, gefüllt, schöne Form, Colorit sehr schön rein weiss, frei remontirend.

Marquise de Castelane. (*Pernet.*) Blume sehr gross, gefüllt, Form und Haltung vollkommen, Colorit schön leuchtend rosa, frei remontirend, stammt von der Varietät Madame Domage.

Marquise de Ligneries. (*Guineau, Jamin.*) Blume sehr gross, gefüllt, Form und Haltung vollkommen, Colorit schön zart rosa, mit dunkel carmin schattirt, in leuchtend rosa übergehend, frei remontirend, extra.

Maurice Perrault. (*Vigneron.*) Blume gross, gefüllt, schöne Form, Colorit schön leuchtend kirschenroth mit feuerroth erhellt, sehr blühbar, stammt von der Varietät Souvenir de Leweson Gower.

Newton. (*Gonad.*) Blume mittelgross, gefüllt, centifolienförmig, leuchtend, johannisbeeren-roth, stammt von der Varietät Achille Gonod.

Paul Neron. (*Levet.*) Blume sehr gross, gefüllt, schöne Form, Colorit dunkelrosa, stammt von der Varietät Victor Verdier.

Secrétaire Allard. (*David.*) Blume mittelgross, gefüllt, schöne Form, Colorit sehr leuchtend, sammtig zinnoberroth, extra, stammt von der Varietät Géant des Batailles.

Sénateur Chevreau. (*Pernet.*) Blume sehr gross, gefüllt, Colorit schön leuchtend roth, Ränder der Petallen weisslich, stammt von der Varietät Prince Léon Kotschoubay.

Souvenir du Prince Royal de Belgique. (*Gautreau.*) Blume gross, gefüllt, Colorit hochroth, mit sehr dunklem sammtigen Widerschein, extra, stammt von Varietät Triomphe de l'Exposition.

Thomas Methwen. (*Eugen Verdier.*) Blume gross, gefüllt, sehr schöne Form, Colorit leuchtend carminroth, extra, diese Rose ist so kräftig wie die Varietät Charles Lefebre.

Van Houtte. (*Lacharme.*) Blume sehr gross, gefüllt, prächtig centifolienförmig, Colorit amarant feuerroth, Ränder der Petallen schwarz carmoisin, schattirt mit bläulich, in der Art eines Regenbogens, extra, diese Rose ist eine der schönsten *Hybrides remontantes*.

Ville de Laon. (*Fontaine.*) Blume sehr gross, gefüllt, schöne Form und gute Haltung. Colorit ausgezeichnet schön weiss, silbriges metallrosa, einzig in dieser Art.

Die Bourbon-Rose.
Rosa indica Borbonica.

Amélie de la Chapelle. (*Jamin.*) Blume gross, gefüllt, schöne Form, Colorit sehr zart fleischfarbig rosa, sehr blühbar und wohlriechend, extra.

Madame Forçade la Roquette. (*Gautreau père.*) Blume gross, gefüllt, Colorit neu johannisbeerenroth, extra.

Madame Just Detrey. (*Just Detrey.*) Blume gross, gefüllt, breit, in Büschel blühend, schöne Form und gute Haltung. Colorit leuchtend sammtig carminroth, Kehrseiten der Petallen heller.

Mademoiselle Favart. (*Lévêque.*) Blume mittelgross, gefüllt, Colorit sehr hell, seidenartig glasirtes Rosa, sehr blühbar.

Souvenir de Nemours. (*Hevré.*) Blume gross, gefüllt, Colorit sehr frisch leuchtendes Rosa, Kehrseiten der Petallen blassrosa, extra.

Die Thee-Rose.
Rosa indica odoratissima.

Belle Lyonnaise. (*Levet.*) Blume gross, gut gefüllt, schöne Form und gute Haltung. Colorit dunkel canariengelb in lachsgelb übergehend, stammt von der Varietät Gloire de Dijon.

Catharine Mermet. (*Guillot fils.*) Blume gross, gefüllt, schöne Form und gute Haltung. Colorit sehr zart fleischfarbig, extra.

Auf Quitten veredelte Birnsorten.

Zeichen-Erklärung.

Frucht Fr , Geschmack Ge., Reifzeit R. Z., Qualität Qt., Fruchtbarkeit Fb., Baumform B. F.

Abbé de Beaumont. Fr. mittelgross, Ge. sehr angenehm zuckerhaft. R. Z. August bis Anfang September, Qt. erste, Fb. sehr volltragend, B. F. als Pyramide.

Abbé Pérez. Fr. ziemlich gross, Ge. süss-säuerlich, R. Z. November bis Februar, Qt. erste, Fb. mittelmässig, B. F. Pyramide.

Aimó Agereau. Fr. klein, Ge. müskirt und zuckerhaft, R. Z. Mitte September, Qt. erste, Fb. aussergewöhnlich, B. F. als Pyramide.

Alexander Lombré. Fr. mittelgross, Ge. sehr parfümirt und delicat, R. Z. October und November, Qt. erste, Fb. sehr gross, B. F. Pyramide.

Alexandrine Douillard. Fr. mittelgross, Ge. sehr angenehm, R. Z. September und October, Qt. erste, Fb. ausserordentlich, B. F. als Pyramide.

Alphonse Karr. Fr. gross, Ge. prächtig parfumirt und gezuckert, R. Z. November, December, Qt. erste, Fb. mittelmässig, B. F. als Pyramide.

Amélie Leclerc. Fr. mittelgross, Ge. vortrefflich, R. Z. September, October, Qt. erste, Fb. sehr gross, B. F. als Pyramide.

Ananas. Fr. klein, Ge. stark parfümirt, jedoch angenehm, R. Z. September, October, Qt. erste, manchmal zweite, Fb. bedeutend, B. F. als Pyramide.

Ananasbirne von Courtray. Fr. mittel, jedoch oft gross, Ge. ananasartig, deshalb vorzüglich, R. Z. September, Qt. erste, Fb. sehr reichtragend, B. F. als Pyramide.

Andre Desportes. Fr. mittelmässig, Ge. ausgezeichnet parfümirt, R. Z. Juli, Qt. erste, Fb. befriedigend, B. F. als Pyramide.

Angélique Leclerc. Fr. meistens gross, Ge. sehr angenehm süss, oft auch säuerlich, R. Z. October, December, Qt. erste, Fb. sehr reichlich, B. F. als Pyramide.

d'Angleterre nain. Fr. meistens gross, Ge. müskirt angenehm, R. Z. September, October, Qt. dritte, Fb. sehr reichtragend, B. F. als Pyramide.

Arlequin musqué. Fr. oft sehr gross, Ge. sehr delicat und süsslich, R. Z. September, Qt. erste, Fb. gut, B. F. als Pyramide.

Arthur Bivort. Fr. ziemlich gross, Ge. äusserst angenehm parfümirt, R. Z. September, October, Qt. erste, Fb. zufriedenstellend, B. F. als Pyramide.

Baronne de Mello. Fr. ziemlich gross, Ge. sehr fein müskirt, überhaupt vortrefflich, R. Z. October, December, Qt. erste, Fb. sehr gross, B. F. als Pyramide.

De Bavay. Fr. mittelgross, Ge. sehr angenehm parfümirt, R. Z. September, Qt. erste, Fb. genügend, B. F. als Pyramide.

Belle de Figuier. Fr. ziemlich gross, Ge. aromatisch süss, sehr erquickend, R. Z. December, Jänner, Qt. erste, Fb. befriedigend, B. F. Pyramide.

Belle-Fleurussienne. Fr. mittelgross, Ge. aromatisch sehr gut, R. Z. December, Februar, Qt. erste, Fb. ziemlich befriedigend, R. Z. als Pyramide.

Bergamotte Heimbourg. Fr. sehr gross und schön geformt, Ge. fein parfümirt, überhaupt ausgezeichnet, R. Z. October, Qt. erste, Fb. genügend. B. F. als Pyramide.

Bergamotte Sageret. Fr. ziemlich gross und schön geformt, Ge. sehr delicat, etwas säuerlich. R. Z. November, Januar, Qt. erste, Fb. ausserordentlich, B. F. als Pyramide.

Besi Goubault. Fr. gross oder mittelgross, Ge. aromatisch, süss, erfrischend, manchmal gesäuert, R. Z. September, November, Qt. erste, Fb. sehr reichtragend, B. F. als Pyramide.

Besi de Mai. Fr. sehr gross, Ge. erquickend und aromatisch, R. Z. März, Mai, Qt. erste, Fb. befriedigend, B. F. als Pyramide.

Besi des Vétérans. Fr. sehr gross, Ge. sehr angenehm, etwas gesäuert, R. Z. October, April, Qt. zweite, Fb. sehr gut, B. F. als Pyramide.

Beurré d'Arenberg. Fr. sehr gross, Ge. äusserst delicat, R. Z. November, Februar, Qt. erste, Fb. sehr verschieden, B. F. als Pyramide.

Beurré de Assomption. Fr. sehr gross, Ge. sehr delicat, angenehm parfümirt, R. Z. Juli, August, Qt. erste, Fb. sehr zufriedenstellend, B. F. als Pyramide.

Beurré Delannoy. Fr. sehr gross, Ge. ausgezeichnet, R. Z. October, November, Qt. erste, Fb. gewöhnlich, B. F. als Pyramide.

Beurré Hardy. Fr. gross, Ge. ausgezeichnet, sehr aromatisch, R. Z. September, October, Fb. befriedigend, B. F. als Pyramide.

Beurré Jean van Geert. Fr. ziemlich gross, Ge. ausgezeichnet, sehr vorzüglich parfümirt, R. Z. November, Qt. allererste, Fb. sehr reichtragend, B. F. als Pyramide.

Beurré Louizet. Fr. gross, Ge. ausgezeichnet butterhaft, sehr parfümirt und erfrischend. R. Z. October, December, Qt. erste, Fb. ausserordentlich reichtragend, B. F. als Pyramide.

Beurré Robert. Fr. gross oder sehr gross, Ge. ausserordentlich delicat, R. Z. October December, Qt. erste, Fb. fortwährend reichtragend, B. F. als Pyramide.

Braconot. Fr. sehr gross, oder wenigstens gross, Ge. sehr fein gezuckert und delicat parfümirt, jedenfalls vorzüglich, R. Z. October, November, Qt. erste, Fb. zufriedenstellend, B. F. als Pyramide.

Calebasse de Bavay. Fr. mittelgross, Ge. äusserst delicat, überhaupt vortrefflich, R. Z. November, December, Qt. erste, Fb. gut, B. F. als Pyramide.

Calebasse Bosc. Fr. gross, oder mittelgross, oft eigenthümlich walzenförmig, Ge. angenehm parfümirt, R. Z. October, November, Qt. zweite, Fb. sehr gross, B. F. als Pyramide.

Calebasse d'Eté. Fr. mittelgross oder gross, Ge. sehr delicat, jedenfalls vorzüglich, R. Z. August, September, Qt. erste, Fb. sehr reichtragend, B. F. als Pyramide.

Catherine Lambré. Frucht gross, Ge. rosenartig parfümirt, deshalb vorzüglich, R. Z. September, October, Qt. erste, Fb. sehr reichtragend, B. F. als Pyramide.

Colmar d'Alost. Fr. sehr gross, Ge. etwas gesäuert, und sehr gut parfümirt, R. Z. October, November, Qt. erste, Fb. sehr zufriedenstellend, B. F. als Pyramide.

Docteur Trousseau. Fr. gross, Ge. erfrischend, aromatisch und süss, R. Z. Ende October, November, Qt. erste, Fb. mittelmässig, B. F. als Pyramide.

Doyenné du Comice. Fr. gross, oft sehr gross, Ge. sehr gezuckert, säuerlich und überfliessend saftig, R. Z. Mitte November, Ende December, Qt. erste, Fb. gleichmässig tragend.

Doyenné d'Hiver. Fr. gross, oft sehr gross, Ge. überfliessend saftig, sehr gezuckert, angenehm säuerlich, mit feinem müsquirten Beigeschmack, R. Z. Jänner, April, Qt. erste, Fb. gross, B. F. Pyramide.

Doyenné Robin. Fr. ziemlich gross oder gross, Ge. weinartig, gezuckert, sehr erfrischend, R. Z. September, October, Qt. erste, Fb. ausserordentlich, B. F. als Pyramide.

Duc de Nemours. Fr. gross oder mittelgross, Ge. delicat, parfümirt, sehr gut, R. Z. October bis Anfang November, Qt. erste, Fb. ausserordentlich, B. F. als Pyramide.

Duchesse d'Angoulémè. Fr. gross oder enorm gross, Ge. weinartig gezuckert, sehr saftreich, R. Z. Mitte October bis Ende December, Qt. erste, Fb. genügend, B. F. Pyramide.

Duchesse d'Angoulémé panachée. Fr. gross oder enorm gross, Ge. weinartig, gezuckert, sehr saftreich, R. Z. Mitte October bis Ende December, Qt. erste, Fb. genügend, B. F. Pyramide. Die Blätter dieser vorzüglichen Birnensorte sind sehr schön gelblich roth gestreift.

Duchesse de Mouchy. Fr. gross, oft sehr gross, Ge. weinartig, gezuckert, etwas parfümirt, ziemlich angenehm, R. Z. April bis Mai, oft sogar Anfang Juni, Fb. zweite, Fb. ausserordentlich.

Eugène de Nouches. Fr. mittelgross, Ge. weinartig, sehr delicat parfümirt, R. Z. September, October, Qt. erste, Fb. zufriedenstellend, B. F. als Pyramide.

Fondante de Bois. Fr. gross, meistens sehr gross, Ge. sehr angenehm, gezuckert, etwas säuerlich, gut parfümirt, R. Z. September bis October, Qt. erste, Fb. zufriedenstellend, B. F. als Pyramide.

Fondante de Charneu. Fr. gross, oder sehr gross, Ge. gut parfümirt, saftig, süssweinartig schmeckend, R. Z. September, October, Qt. erste, Fb. ausserordentlich, B. F. als Pyramide.

General Tottleben. Fr. ansehnlich gross, sehr wohlgeformt, Ge. gut parfümirt, süss und saftreich, äusserst wohlschmeckend. R. Z. October, November, Qt. erste, Fb. zufriedenstellend. B. F. Pyramide.

Henri Bivort. Fr. gross oder mittelgross, Ge. aromatisch, säuerlich, sehr delicat und fein gezuckert, R. Z. August, Anfang September, Qt. erste, Fb. gewöhnlich, B. F. als Pyramide.

Incomporable Hacons. Fr. mittelgross, Ge. anisartig, müskirt, sehr süss und saftreich, überhaupt vorzüglich, R. Z. Mitte October bis Ende November, Qt. erste, Fb. gross, B. F. als Pyramide.

Jules d' Airoles. (*de X. Gregoire.*) Fr. mittelgross, Ge. gut parfümirt, süss säuerlich, sehr schmackhaft, R. Z. October, November, Qt. erste, Fb. gewöhnlich, B. F. als Pyramide.

Madame André Leroy. Fr. gewöhnlich sehr gross, Ge. weinartig gezuckert, äusserst delicat, saftig, R. Z. Ende September, Qt. erste, Fb. gewöhnlich, B. F. als Pyramide.

Madame Elisa. Fr. gross oder mittelgross, Ge. sehr erfrischend, sehr aromatisch und trefflich gezuckert, R. Z. September, October, Qt. erste, Fb. zufriedenstellend, B. F. als Pyramide.

Madame Favre. Fr. gross bis sehr gross, Ge. weinartig, gezuckert, delicat parfümirt, R. Z. August, September, Qt. erste, Fb. sehr zufriedenstellend, B. F. als Pyramide.

Madame Millet. Fr. mittelgross oft gross, Ge. angenehm, gezuckert, etwas gesäuert, sehr saftreich, R. Z. März, Mai, Qt. zweite, oft auch erste, Fb. sehr fruchtbar, B. F. als Pyramide.

Marie Guisse. Fr. sehr gross, Ge. aromatisch süss, saftreich, äusserst wohlschmeckend, R. Z. März, Qt. erste, Fb. gross, B. F. als Pyramide.

Monchallard. Fr. gross, oft sehr gross, Ge. aromatisch gezuckert, sehr delicat, angenehm gesäuert, R. Z. August, Qt. erste, Fb. genügend, B. F. als Pyramide.

Napoleon I. Fr. sehr gross, Ge. sehr gezuckert, aromatisch gesäuert, äusserst wohlschmeckend, R. Z. October, November, Qt. erste, Fb. genügend, B. F. als Pyramide.

Napoleon III. Fr. ansehnlich gross, Ge. weinartig gezuckert, aromatisch gesäuert, R. Z. September, Qt. erste, Fb. zufriedenstellend, B. F. als Pyramide.

Nec-plus Meuris. Fr. sehr gross, Ge. äusserst wohlschmeckend, angenehm gezuckert, gut parfümirt, delicat, R. Z. October, November und December, Qt. erste, Fb. zufriedenstellend, B. F. als Pyramide.

Octave Lachambre. Fr. mittelgross, Ge. aromatisch gezuckert, wohlschmeckend mit einer hervortretenden Säure, R. Z. März, Mai, Qt. erste, Fb. zufriedenstellend, B. F. als Pyramide.

Omer Pascha. Fr. sehr verschieden, Ge. weinartig gezuckert, aromatisch, delicat, R. Z. September, Qt. erste, Fb. reichtragend, B. F. als Pyramide.

Osband's Summer. Fr. mittelgross, Ge. sehr angenehm gezuckert, saftig und parfümirt, delicat, R. Z. August, Qt. erste, Fb. gross, B. F. als Pyramide.

Passe Colmar. Fr. mittelgross, oft gross, Ge. sehr angenehm weinartig gezuckert, gut parfümirt, sehr delicat, R. Z. November, December, hält sich bis März, Qt. erste, Fb. gross, B. F. als Pyramide.

Present de von Mons. Fr. sehr gross, Ge. weinartig gezuckert, angenehm parfümirt, R. Z. Februar, hält sich bis April, Qt. erste, Fb. genügend, B. F. als Pyramide.

Princesse Mariane. Fr. mittelgross, oft gross, Ge. sehr erfrischend aromatisch, weinartig gezuckert, sehr delicat, R. Z. September, October, Qt. erste, Fb. zufriedenstellend, B. F. als Pyramide.

Royale d'Hyver. Fr. volumineus, Ge. sehr angenehm gezuckert, gut parfümirt, R. Z. November, hält sich bis Januar, Qt. erste, Fb. zufriedenstellend, B. F. als Pyramide.

Saint Germain panaché. Fr. gross, Ge. sehr süss, saftreich, erfrischend säuerlich, sehr delicat gezuckert, R. Z. Jänner, Februar, Qt. erste, oft auch zweite, Fb. ausserordentlich, B. F. Pyramide.

Serrurier. Fr. volumineus, Ge. sehr erquickend, weinartig gezuckert, aromatisch saftig, R. Z. October, November, oft im December, Qt. erste, Fb. genügend, B. F. als Pyramide.

Soldat Laboureur. Fr. mittelgross, oft gross, Ge. sehr angenehm weinartig gezuckert, parfümirt, sehr delicat, R. Z. October bis December, Fb. zufriedenstellend, B. F. als Pyramide.

Sucrée de Montluçon. Fr. mittelgross, oft gross, Ge. sehr gut gezuckert, gesäuert parfümirt, sehr delicat, R. Z. October, November, Qt. erste, Fb. genügend, B. F. Pyramide.

Templiers. Fr. verschieden, Ge. angenehm gezuckert, R. Z. August, September, Qt. erste für die Küche, Fb. genügend, B. F. Pyramide.

Van Morum. (*Léon Leclerc.*) Fr. volumineus, Ge. sehr angenehm, weinartig gezuckert, R. Z. October, November bis December, Qt. erste, Fb. mittelmässig, B. F. als Pyramide.

Virgouleuse. Fr. sehr gross, oft volumineus, Ge. sehr angenehm, stark gezuckert, gesäuert parfümirt, R. Z. November, December, Qt. erste, Fb. zufriedenstellend, B. F. als Pyramide.

Williams. Fr. sehr gross, oft volumineus, Ge. sehr angenehm stark gezuckert, mit einer angenehmen Säure, manchmal müsquirt, R. Z. August bis September, Qt. erste, Fb. zufriedenstellend.

Zéphirin Grégoire. Fr. klein, auch mittelgross, Ge. sehr angenehm weinartig gezuckert, delicat müsquirt, R. Z. October, Qt. erste, Fb. genügend, B. F. als Pyramide.

Josephine de Binche. Fr. mittelgross, Ge. fein parfümirt, trefflich gezuckert, von exquisitem Wohlgeschmack, R. Z. October bis Ende December, Qt. allererste, Fb. zufriedenstellend, B. F. Pyramide.

Andenken an den Congress. Fr. sehr gross, schön geformt, Ge. gut und erfrischend, süss, sehr saftreich, R. Z. August bis September, Qt. erste, Fb. bedeutend, B. F. als Pyramide.

Preis: Einjährige Veredelungen per Stück 40 kr. Oe. W.

Buchdruckerei von Eduard Sieger in Wien.

Zur Beachtung!

Um allen irrigen Gerüchten über die gänzliche Auf-
lösung meines Geschäftes vorzubeugen, erlaube ich mir,
meinen geehrten Herren Abnehmern hiermit die Anzeige zu
machen, dass ich nur einen Theil meines Gartengrundes in
Wien als Baugrund verkaufte, dass jedoch dadurch in keiner
Weise mein Comptant-Geschäft, sowie jenes für die Provinz
und das Ausland beeinträchtiget wurde, sondern meine Baumschulen durch neuerdings angekaufte Gründe grösser sind,
als sie je gewesen.

Hoffend, mit Ihren zahlreichen Aufträgen betraut zu
werden, zeichne

hochachtungsvoll